透き漆
一人静

佐藤幸
SATO Kou

文芸社

目次

透き漆

序

塗り物には埃が禁物ということから、締め切った土蔵の部屋で、源吉は仕上げ塗りに心を集中していた。

土蔵の中はすずしいとは言ってもやはり、夏であることには変わりはないけれど、しーんとした時間とこの空間は、彼に陶酔をもたらすようであった。

こうして源吉は、漆の匂いのこもるむっとした空気の中に座る仕事を五十年続けてきた。そして彼の先祖達も、この時間と空間に包まれてきたのだ。

今日は養女のキヨ子が、消防署に勤めているという、結婚相手の治雄を連れてくる。母だったらこの結婚をどう言っただろうか。

「とうとうこれで終わりになったな。ほら、やっぱり終わりになったな」

とでも言うだろうか。

最後の仕事は、いいものを造ろうと残してあった硯箱を今日は塗り上げて仕上げるのだ。それにしてもこの漆の美しさはどうだろう。源吉は腕を組んで、仕上げ台の上にある最後の一刷毛《ひとはけ》を待つばかりの硯箱をじっと眺めていた。

第一章

母のサヨが死んだのはお盆の五日前で、蓮の花が見頃の時だった。この地方では旧暦七月七日をお墓の掃除をする日と決めてあり、早朝から家々の人達が出てきて各自のお墓を浄める。

毎年、母がこの仕事をするのが慣わしで、まだ暗いうちから出かけるのが常であった。その朝、帰りの遅い母をさほど訝しみもせず、また、いつもの通り年寄りの嫌がらせをしているのだろうくらいに思っていた。

「テイ、おっ母ぁ何か言って出かけたのか。ばかにおそいなぁ」

「何にも言わなかったですよ。キヨ子の話をしてから余計物言わずになってしまって……」

「うん、そうか。文句言っても何ともならんのに、相変わらずの強情で困ったもんだ。一寸寺の方を見てくるか。なんてったって、もう七十だからな」

昼近くなった日差しは、肌着一枚の源吉の肌を刺すような暑さになっていた。寺の庭には墓地から抜かれた草が山をなして片隅に積まれており、夏日に蒸れ蒸れとした臭いを放っていた。

すっかり片づけられて、もう誰もいない墓地に立って見まわしている彼に、隣に墓地を持っている斉藤のばあちゃんが本堂から出てきて声をかけた。

「おや、源吉さん。あんたの母さん、今日は何としたのですか。いつもなら、一番に来ていたのに、今朝は見えなかったから、身体でも悪くしたのかと思っていたんだけれど……。お墓はみんなで片づけたけれども」

「えっ。今朝まだ暗いうちから出かけたんで、お寺の掃除の日だからなと思っていたんだが。あまり帰って来ないから迎えに来たんだけど、来ていなかったとはどういうことだろう。どこへいったんだろう。お墓の掃除もしないで……。申し訳なかったです」

急いで家に引き返すと、テイが叩き土間に膝をついて座り込んでいた。二人ばかり顔見知りの農家の男衆がいて、テイを助け起こそうとしていた。

「何した？」

「いま、あの川向かいの蓮沼で。おっ母さんが。ああ」

「何したと？」

母のサヨの死体が蓮沼で見つかったというのであった。源吉は走りながら、その男達の話を聞いた。蓮沼から引き上げられた母の顔は、夏の日差しを浴びていた。この地方で、蓮の葉はお盆のお供え物を盛るのに使われる。花はもちろん供花として使われるので、お盆の前には町に売りに行くために蓮沼に人が入る。五郎衛門の蓮沼も今日から蓮の葉を取ったり、花を取ったりすることになっていて、三人ばかりの人がやってきたところで、サヨを見つけたのだという。

「申し訳ないことを……」

母が死んだために、今年は五郎衛門の沼では蓮を売りに出さないことになったと聞いて、源吉はひたすら恐縮した。花盛りの頃はわざわざ花を見に来る人がいると聞いてはいたが、見事な蓮沼である。二町歩（約二万平方メートル）ほどもあるという沼は、渇水期の時のための貯水池として造られたものだと聞くが、そのほとんどを覆い尽くすように葉を広げ、茎を高く伸ばして薄桃色の花をつけている。母がここで入水したことで迷惑をかけたけれども、この極楽絵のような風景が母を呼んだのかも知れないとも思った。

入水して死んだ人は、家の中には入れられないとされていた。おそらく死体の傷みが激しく手をつけられないことが多かったからだと思われる。それでなくとも、夏の盛りで、暑いし、水でふやけて浮腫《むく》んだ死体はたちまち腐敗してゆく。源吉達は、家の外に菰《こも》かけの小屋を造り、早桶に納めて、一晩置いて焼き場と言われている野天の火葬場に運び一晩かけて骨にされた。

第二章

この地方の特産の塗り物である角館春慶《かくのだてしゅんけい》は能代《のしろ》春慶と並んで良質の塗り物として知られていた。

角館春慶は、やや赤みの強い色調が特色とされていた。原田の家は代々その職人としての跡を継いできたのである。源吉は、父の源蔵にも勝る腕だと言われるようになっていたが、一人息子として育った彼は我が儘であった。職人気質は一方では我が儘なものだとして両親は許してきた。

仕事以外は思いのままにさせてもらい、すべてが順調のように見えた彼の生き方を変えさせられたのは、好きで貰った嫁のタミ子が、三歳になる男の子源太を残して、風邪をこじらせたのが原因で死んでしまったことからだった。

決して誰が悪いというのでもないし、両親に反抗することによって癒やされるというものでもなかったけれど、源吉の暮らしは荒んだ。

残された子供の源太は、母がいなくなっても祖父母に愛されて育てられた。それがまた源吉の癪の種であった。

「儂がおらんでも、暮らしは成り立つ。少し遊ばせてもらう」

公然と宣言した源吉に、両親は何も言えなかった。そう宣言したからと言っても、仕事をしないのではなく、腕の良い彼は人々の期待に添うようないい仕事をした。そして、どうせ大した遊びができるわけでもないのに、毎夜のように柳町へ酒を飲みに出かけていった。だから、源蔵はやめろと言いかねて目を瞑った。

ところが、タミ子が死んで三年目に入った頃、源吉は柳町の小料理屋で仲居をしているテイと仲良くなり、後妻にすると言い出した。仲居と言っても田舎のことだから、実家は隣村の農家の娘で、ふしだらな生活をしているわけでもない、心の優しい女で、妻を亡くした源吉へ同情からのつきあいで始まった関係だった。言ってみれば通いの下働きなのだが、仲居と聞いただけで、源蔵達は確かめもしないで反対して、家には入れないと言い渡した。

「それでは、俺はこの家を出る。仕事は通ってきてするから、そのつもりでいてくれ」

「ああ、そんな女の面は見たくもない。勝手にしろ」

サヨは七つになった孫の源太に向かって嘆いた。

「何でかあちゃんは死んでしまったんだ。生きていてくれれば、こんなばあちゃんが坊を見てやらなくともよかったのになぁ」

「何もそんな皮肉を語たらなくともいい。タミ子は過ぎたことだ。テイだって苦労して育った女だし、この家に入れば入ったようにするはずだ。それを会ってもみないで入るなと言うのはそっちだから文句を言うな」

「父ちゃん。ばあちゃんを泣かせれば駄目だ」

すっかりばあちゃん子になってしまっている源太は源吉を睨んだ。思いもかけなかった子供の反抗に源吉は憮然としたのだが、売り言葉に買い言葉で、町はずれに小さな家を借りて、テイと所帯を持った。といっても塗り物をするには道具ばかりではなく適した仕事場もいる。

源吉はそこから毎日仕事場に通ってきて源蔵と並んで座り、むっつりと仕事をこなした。源吉は漆の仕事が根っから好きなのだし、二人とも仕事に関してのわだかまりはないのである。

ただ、サヨとテイの間には、女だから持つやり場のない気持ちをもてあましていたのである。何度か源吉に用事があって訪ねて来たテイを、サヨは部屋へあげることをしなかった。テイは自分だけが漆に関わることを拒まれていることが残念で仕方がなかったが、源吉も源蔵も、そんなことは気にしていないように見えた。

　後にひかれない二人の意地に、テイは耐えるよりほかになかった。

　父の源蔵は長い座り仕事のために、すっかり足が不自由になっていて、家の中を這って歩くことしかできなくなっていた。それに口には出さないながら、いろいろな心労もあったはずで、すっかり老いを深めていた。こんな親子の意地の張りあう暮らしが三年ばかり続いた冬の朝、源蔵はご飯の入った茶碗を取り落とし、そのまま意識のない状態で三日を過ごして死んでいった。テイはその間、動転して何もできないサヨに代わって、家のことをすっかり取り仕切ったのだった。

　決してこれを機会だとは思わなかったと言えば嘘になるかも知れないが、そんなことよりも、そうしなければならないことを、そうしたという感じで、許してくれなかった義父を送った。初七日が過ぎると、小さな仏壇に小さな位牌を置いて、またいつもの暮らしが戻ってくるのは、庶民の生活では当たり前のことだった。

　小学三年生になっている源太が学校へ出かけ、朝食の後片づけにテイが流し場に立ち、源吉が仕事場の方に行こうとして立ち上がった時、サヨが言い出した。

「ずるずるとこの家にいるつもりでいるんだろうか。テイは……」

「うん、そりゃどうでもいいよ。便利ならそうしてもいい」

源吉の答えにサヨはきっと眉を上げた。

「お父っあんが許さなかったのに、わしが許せるわけはないんではないか。許して置いてくれとでも願うならばまた別だが……」

「許すの、許さないのと言ってる場合ではないんでないか。現に葬式から何から、テイがいなければできなかったんじゃないか」

「それは、有り難かったとは思ってる。だが、それとこれとは別でないか。他人だって頼めばやってくれることを、お前と暮らしているのだから義理をたてたんじゃないのか」

さほど広くない、むしろ狭い家のことだから、二人の言い合いは流し場に立っているテイにもはっきり聞こえた。

「おい、テイ。許してもらわねばこの家に入れないんだとよ。お前は……。今夜からまたあっちの家に戻ることにしよう」

「あ、申し訳ないです。おっ母さんこんな時だからと思って何にも断らないで、家のことに手を出してしまって、すまなかったです」

胸が詰まって涙声になったテイに、

「ふん、今頃になって挨拶したりするのか。言われねばわからないのは、やはり出が出だからな。どうにもならないことだ」

と、サヨは言い続けた。流し場の板の間に膝をついて座ったテイに、源吉は言った。

「テイ。謝ることは何もない。今まで通りにせいせいして儂達は、あっちの家で過ごそう。そのうちにおっ母の方からあやまることになるだろうさ」

「罰当たりだよ。お前達は……」

と背を向けて言うサヨを無視して源吉は仕事場に行った。源太が学校から帰る前に、テイは家を出て行った。

「おばっちゃはもういないのか」

と問う源太に、サヨはうるさそうに、

「ああ」

と答えた。この何日間かの間に、源太はすっかりテイになついてしまっていた。

「なんだ。今日はお焼きこさえてくれるっていったのに……」

なおも不満そうな源太を、源吉は、

「おばっちゃは用があって帰ったんだ。仕方のないことを言うな」

と抑えつけた。

そんなわけで、源蔵がいなくなったということ以外は、何も変わりのない暮らしが続けられた。仕事の間はあまりものを言わなくても済む。終わればフイと家を出てテイのところへ行く源吉の暮らしは、普通とは言えないかも知れないが、職人気質で意固地な彼は、母のサヨを責めるではなし、テイを庇うでもなし、ただひたすらに注文された仕事を片づけていく暮らしである。

当時は塗師の仕事は多かった。この地方では、食器は飯器椀というものを使うのが普通で、箱膳一つにさえ、五個入りの塗り物の食器がセットになって作られる。

源蔵が盛りの頃は弟子を三人も置いたものだが、源吉は注文の数を制限して、良いものだけを作ることにしたので、この辺りでも趣深い人々からの注文が多かった。それにそんな人達は仕事を急かすこともないので、よく気のあった木地師と組んで良いものを作ればそれでよかったのである。

源吉は弟子はとらないと決めていた。いきおいよく仕上がったものを調べては拭いて、調えていく仕事はサヨがやることになる。

「テイはいいな。なにも手伝わないで食わせてもらっている」

源吉がジロリとサヨの顔を見たが、サヨは続けた。

「職人のかかがなにもしねーで、ごろごろしてていい気なもんよ」

「うるさいことを言うな。おっかぁ。テイのことを気にくわないんはわかっているが、あれはあれで、針仕事をしたり、百姓の手伝いをしにいったりしている。この家に来るなと言ったのはおっかぁでないか。ここにいれば同じことをして手助けしているはずだ。源太の着るものなんか、みなテイがこさえてるのを忘れるなよ」

そう言われればその通りで、サヨは黙るよりほかはない。

源吉がそうであったように、源太はまだ小さいのに父の傍らで、木地をヤスリで磨いたり、下塗りに使う糊を作ったりすることを当然のように、そしておもしろそうに手伝っていた。

家中が同じ職人仕事に関わっていて、言葉を交わさなくとも過ごせる暮らしに源太は小さい時から慣らされていたし、父の仕上げた盆の透き通るような漆の色を美しいと感じるまでに成長していた。そんな源太を、

「この子も漆が好きらしい。きっと良い後継者になってくれるだろう」

と、サヨと源吉は口には出さなかったが、目を細めて見ていたのであった。

源太は十二歳になっていたので、源吉が夜になって家にいなくなると聞かされる祖母の嘆きや繰り言にも、「うん、そうだ、そうだ」と言ってさえいればよく、それで、大凡《おおよそ》の我が儘は聞き届けられることにも自ずと気がつく年頃になっていた。

今夜はことに暑い。雨の降らない日が二週間ばかり続いて、いよいよ降り出すのだろう。蒸れ蒸れとした空気は耐え難かった。

源吉が仕事を終わって出て行った後、風鈴さえ音を立てない八月初旬のむっとした夕暮れは、蚊いぶしを薫《た》いて、開け放ち、風を待つよりほかに術がない。夏休みに入ったが、今日は何も手伝うことがないと言われていた源太は、暑い、暑いとさわいで、ぐだぐだしていたが、いつもより元気がないのは暑いせいだろうと気にもとめなかった。

「ばあちゃん、氷のみにゆかねーか。身体がダラーンとして、さっぱりしない。暑すぎる」

と、源太が言い出した。

「そうだなぁ。角やにでも行ってみるか。腹が痛いとか言っていたが、なおったのか」

「何ともない、氷飲んでさっぱりすればもっとよくなる。何食ってもうまくないから、ぐだぐだしてしまう」

「そうだな。涼みに行くことにしよう」

団扇を持って夕涼みということになった二人は、横町の角やという店に入った。同じ思いの人達が何人か氷を啜ったり、ビールを飲んだりしている。パタパタと団扇をせわしなく使って足元の蚊を追い払っていたのは隣の鍛冶屋の亮造である。

「おや、源太坊もか、いいな」

「なんと、こんなに暑くてはねるもならねー」

「明日は雨になるだろうな」

「源太坊。さ、こっちに座れ」

「おっちゃんも、だらーっとして飲みにきたんだろ」

「うん。お前も氷でも飲まねばしゃんとしないだろ。この暑さで」

「小豆氷がいい」

サヨは小豆氷を三杯注文した。はじめから源太には二杯飲ませるつもりなのである。

「ゆっくり食えよ」

源太は氷を啜りながら、

「この氷。少し、苦い」

と不味そうに言った、

「そんなことないよ。どうしてだろ」

サヨは源太に熱があることに気がついていなかった。ただ、この暑さに負けてぐたぐたしているのだとばかり思っていたのだった。それは迂闊だったのだが、家に戻ると、源太には「くたびれたのだから早く寝るように」と言って、蚊帳をつって団扇で風を送ってやりながら、床に就かせた。

真夜中、サヨは取り入れた洗濯物を片付けていると、源太が異様なうめき声をあげているのに気が付いた。

「何した！」

と、声をかけたが、返事がない。急いで電灯をつけてみると、裸の身体が垂れ流した下痢便だらけになっていて、返事もない。

サヨは半狂乱になって、隣の鍛冶屋の亮造を叩き起こし、医者と源吉を呼びに行ってもらった。亮造に手を引かれてせかされて入ってきた医師は、この様子を一目見ると言った。

「これは疫痢だ。普通なら、もっと小さい子供の病気のように思われているけれど、この症状は黴菌に神経をやられていて、ひどい。赤痢の黴菌だそうだが……。まずきれいにしてリンゲルでも打ってみようか。あとは、この子の……」

と、白目をむいて痙攣している源太の身体を撫でてやりながら、医者は気の毒そうに言った。

「何とか、どうか何とかしてください。ひどい！　何とかして！」

「源太、源太」

痙攣をして白目をむいた源太の身体を抑えて叫ぶ源吉の声が聞こえただろうか。源太はばったりと息を止めた。あまりの急変にみんながあっけにとられて声が出なかった。サヨは失神して倒れた。そこへテイが駆け込んできて、サヨを抱きかかえて、言葉もなくその背中をさすってやった。

「この病気は赤痢と同じで、伝染病なので。すっかり消毒しなければ駄目なので、役場に届けて、周りもみんな消毒しなければならないんで、亡くなってしまったのだから、まずは家の周り一帯にクレゾール液で……」

などと医師の指導で一晩中、近所の職人仲間も手伝いに来てくれて、何とか片がつけられた時は、次の日の夕方になっていた。源吉達の住んでいるところは、いろいろな職人達のいるところだったので、助け合う気質が住民達の自然で、皆が無言で源吉達をいたわってくれたのであった。

鍛冶屋の亮造は、あの時、小豆氷を苦いと源太が言ったことを思い出し、「こんな酷いことになるとは思わなかった」と、何度も胸の内で繰り返して思っていた。サヨは放心して一言も物を言わずに、あれほど意地悪くしたテイに背中をさすってもらって、部屋隅に座っていた。

軒先に吊ってある風鈴がしきりに鳴っていた。昨日までの暑さは、颱風の前触れなのだろうかと皆は空を見上げた。

夏の死人は早々に火葬される。嵐がおさまるのを待って荼毘にふされ、お盆の前に弔いをすませてもらい、小さな位牌になってしまった源太は、今ではみんなの思い出の中で心優しく、穏やかな良い子として語られることになった。新盆の悲しみは一家をいよいよ無口にしていた。

第三章

テイはなんと言われても、今度はこの家に居続けなければならない立場になったと心を決めていた。一方で、サヨはサヨで、何も口に出して言わないけれど、彼らにとってかけがえのない跡継ぎを、自分の不注意で死なせてしまったという引け目を感じていた。

もし、あの時氷を飲ませなかったら、腹が痛いと言った時に、源吉に話をして医者に診てもらっていたらなどと、悔やんでも悔やんでもつきない悔いに苛まれていた。

「テイ。これからはこの家にいてくれないか。跡継ぎの源太もいなくなったし、わしには何もすることがなくなったようなものだ。今度はこの家はお前と源吉の仕事場になった」

サヨがこんなふうに言い出した時、テイは初めてサヨの心が知れたような気がした。

藩政時代から代々の塗師職人として、家を継ぎ続けてきたという誇りが、自分を受け入れることを許さなかったのだと気がついたのである。

これは源吉の曾祖父にあたる人の道具と試し塗りだ、これは先祖から伝わる透き漆の調合の仕方を書いた漆紙だなどと、きちんと整えられた手順の通りに並ぶ道具の数々を、テイは今まで入れてもらえなかった仕事場に入って初めて目にしたのだった。たしかにそこにはテイの全く知らなかった、職人の歴史と伝統が重く積み重なっていて、余人が踏み入れられない雰囲気があった。

おそらくサヨは源太にすべてを賭けていたに相違なかった。そして、テイには言わないけれども源吉も同じ思いだったのに相違ない。源太がいなくなって、執着してきた伝統継承が叶わなくなってしまった今、この神聖な雰囲気のある仕事場は、彼らにとって単なる仕事場としての場所にすぎなくなったのだと、テイは感じていた。

昔、舅の源蔵に「女郎をしているような女に子供ができてはたまらない」と、女郎などではないのに嫌みを言われたが、テイには子供ができなかった。もし一人でも生まれていれば、サヨ達も考えが変わっていたかも知れないが、それは繰り言にすぎない。繰り言にすぎないと思いながらも、今まで疎外されてきたことは明らかであった。

この家に入ったからと言っても、彼らの真の望みであったであろう、職人の誇りを誰かに受け継がせるという目的がないのだと思うと、テイはやりきれない虚しさを噛みしめることになった。それは多分、源吉にもわからない虚しさであっただろう。テイが作ってやった源太のための小さな座布団が、ちょこんと仕事場にあることも切なかった。

とにかく、お盆が過ぎると彼らはまた仕事に戻った。跡継ぎがいなくなったことで、どちらかと言うと寡黙な源吉は、ますます寡黙になり、仕事には以前よりも熱中して念を入れるようになったように見えた。

気に入らない仕事は金になるとわかっても断り、源太に教えるために注文を取っていた雑器具類の仕事も、少なくしていた。生活は以前よりも苦しい。源吉の腕を惜しんで、弟子を取るように言う人がいたが、取り合わなかった。

一年は早く過ぎた。悲しみを持つものにとっては、季節の移り変わりのすべてがそれを甦らせるのである。雪が例年よりも多かったことも、花の咲くのが遅いことも、何もかもが源太の生きていた頃の思い出を鮮やかに甦らせる。仕事をしている間は、ものを言わないのがならいだが、みんなが時折大きなため息をつくのだった。

テイの実家は在郷の百姓で、今はテイの長兄が跡をとって暮らしていて、六人の子持ちである。その長男は跡継ぎ、次男は青年学校を出て、町の酒屋で働いていて、心配はないし、上の二人の娘もそれぞれ高等科を出て町の商店に手伝いに出ている。その下の三番目の息子は、高等学校に通わせていた。三人の娘のうち、一番下の娘であるキヨ子を、町で暮らしていて子供のない源吉とテイのところに、養女に出してもいいという話をしてくれたのであった。源太より四つ年下で、前からテイになついていて、町に来ることを嬉しがっていた子である。源吉は有り難く受けることにした。

キヨ子は実家にいた時には、母親を「あっぱ」と呼んでいたのだが、町に来たらテイを「かあさん」と呼ぶことになったのを、喜んでいたという無邪気な子供であった。

サヨはこの話に表立って反対はしなかったが、養子を貰うならば、源蔵の親戚から、それも塗師の跡継ぎになる男の子が欲しいと思っていたのである。しかし、そんな都合のよい話はあるわけがないのもわかっていた。

「難しいことを言っていても、どうにもならない。おっ母さんの死ぬのは俺達が見るからいいが、俺達の死ぬのを見てくれる人を決めるんだからな。我慢してもらわなければならない」

源吉の言葉にサヨは言葉がなかった。

「おっ母さん。私の身内を連れてくるのだから、私も心苦しいのだけれど、なかなか適当な人がいなくて、申し訳ないです」

テイがそう言えば、サヨは何も言わずに仏壇の前に行く。チーンと鐘を鳴らして手をあわせて仏壇の前に座る無言の後ろ姿はすっかり小さくなっていた。

夏が巡ってきて、源太の一周忌が営まれた。盆過ぎには源吉達の養女としてキヨ子が来ることになっていた。実家では兄妹も多いことだし、町から離れているから、刺激のない暮らしだったが、ここは賑やかな町である。あまりかまってもらえない幼子にとっては面白いところであったのだろう。

何回も遊びに来たりして幼いキヨ子は、すっかりテイになついて、ばっちゃん母さんなどと言って、この家に来るのを楽しみにしている様子でもあった。

「もうじき他人がこの家に入って来て娘になる」

サヨは大きなため息をついていた。

＊＊＊＊＊＊＊＊＊＊＊＊＊＊

「なんでこの家は葬式ばかり続くんだ。隣の葬式に慣れて、葬式上手になってしまいそうだ」

鍛冶屋の亮造はぼやいた。

たしかに源吉の妻のタミ子が死んで以来、源蔵、源太、そしてサヨと四人もの死人を、ここ十年ばかりの間に続けざまに送ったということになる。

「すまないな。いつも世話になって……」

「いやいや、そんなわけではないよ。今度は俺の家の番だなと思っていたもんだから。俺の家のばあちゃんが先だと思っていたからよ。こんなことになるとは、思ってもみなかった。やっぱり、源太坊のことがよっぽどひっかかっていたんだな。ばあちゃんには……」

「あぁ」

源吉は心の中で、

「跡継ぎがなくなってしまって死にたかったのは俺の方だ」

と、呟いていた。源太が死んだ時、俺の技術も死ぬことが決まったと思って過ごしてきたのだとあきらめていた。だから、もうどうでもいいんだ。母は女だから、そんなふうに心だけを死なせることができなかったのだろう。身体も喪わなければ思いを断てなかったのだろうと思っていた。

キヨ子を養女にするということは亮造には言わなかった。誰が聞いてもそれがサヨの自殺の原因だと思うだろう。

今さらどうにもならないことだし、それを言われるとテイの立場もなくなる。

源吉は、あの美しい蓮の沼に浮いていた母は、どんな気持ちだったのだろうとふと思った。朝、花が音を立てて咲くという。その音を母は聞いたのだろうか。職人の家を守り続けることを生き甲斐として、源太を育てていたに相違ない。それが叶わなくなったことが、おそらくあの入水につながったのだと思う。

蓮沼の岸にきちんとそろえてあったという下駄が、夏の日差しで熱くなっていた。今はそんなことが無性に悲しく思い出された。

郵便はがき

料金受取人払郵便

新宿局承認

2524

差出有効期間
2025年3月
31日まで
（切手不要）

1 6 0-8 7 9 1

1 4 1

東京都新宿区新宿1－10－1

(株)文芸社

愛読者カード係 行

お名前《ふりがな》		明治 大正 昭和 平成 年生 歳		
ご住所《ふりがな》	□□□-□□□□		性別 男・女	
お電話番号	（書籍ご注文の際に必要です）	ご職業		
E-mail				
ご購読雑誌（複数可）		ご購読新聞 新聞		

最近読んでおもしろかった本や今後、とりあげてほしいテーマをお教えください。

ご自分の研究成果や経験、お考え等を出版してみたいというお気持ちはありますか。

ある　ない　内容・テーマ（　　　）

現在完成した作品をお持ちですか。

ある　ない　ジャンル・原稿量（　　　）

書　名				
お買上 書　店	都道 府県	市区 郡	書店名	書店
			ご購入日	年　　月　　日

本書をどこでお知りになりましたか?

1.書店店頭　2.知人にすすめられて　3.インターネット（サイト名　　　　　　　　）

4.DMハガキ　5.広告、記事を見て（新聞、雑誌名　　　　　　　　）

上の質問に関連して、ご購入の決め手となったのは?

1.タイトル　2.著者　3.内容　4.カバーデザイン　5.帯

その他ご自由にお書きください。

（　　　　　　　　　　　　　　　　　　　　　　　　）

本書についてのご意見、ご感想をお聞かせください。

①内容について

②カバー、タイトル、帯について

弊社Webサイトからもご意見、ご感想をお寄せいただけます。

ご協力ありがとうございました。

※お寄せいただいたご意見、ご感想は新聞広告等で匿名にて使わせていただくことがあります。

※お客様の個人情報は、小社からの連絡のみに使用します。社外に提供することは一切ありません。

第四章

「去る者は日々に疎し」と言うけれど、源吉はこの頃、母のサヨと源太がしきりに思い出されるのだ。血気盛りだったあの頃から、現在に至るまでには第二次世界大戦があり、源吉は戦争には行かなかったが、多くの働き盛りの仲間達を喪った。源吉も本業の漆塗師の仕事はうち捨てて、国策工場にかり出されて働かされてすごしたのだった。

敗戦によって、平和が戻ったとは言っても、昔のような穏やかな暮らしには戻れなかった。信用のおける腕を持っていた木地師の周太郎も戦死した。

漆掻きをする人もほとんど老齢になり、そのうえ、源吉の思うような上物を作ってくれと言う旦那衆も、戦後の経済の変動ですっかりなくなってしまった。ろくに仕事のない日々が続き、六十五歳になった源吉はいよいよ気難しくなっていた。些細な日手間取りの仕事を頼まれたり、修繕の仕事などが時折入るが、なかなか安定して暮らすというところまではいかない。

テイは、以前から和服の仕立て直しを頼まれたりしていたが、実家の兄から分けてもらった野菜を天ぷらやコロッケにしたものや、きんぴら牛蒡や煮豆などを作って売る小さな店を家の前に出して暮らしを立てることにした。

もともと料理が好きだったうえに、戦後の食糧事情の悪さの中で、それらはよく売れて、三人の生活もあまり不自由を感じなかった。

サヨの死んだ次の年、小学校に入るのを機会にこの家に来たキヨ子もすでに二十四歳になっていた。サヨが蓮沼に入って死んだことを、キヨ子は知らないはずだった。小学校の三年生の頃だったろうか。友達と一緒に蓮沼を見に行くと言い出したことがあった。

「きれいだってよ。母さんも行こう。母さんと一緒なら行ってもいいでしょ」

「駄目だと言ったら駄目だ」

源吉が声を荒らげて言う顔を見て、訳もわからず泣き出しそうになったキヨ子を宥めてテイは実家に連れていったことがあった。キヨ子の友達の母親が、キヨ子が蓮沼に行かなかったことを聞いて「それは当たり前だ」と言ったそうで、その理由を知った友達から噂が広まり、キヨ子の耳にも入ったらしい。

その後しばらくの間、源吉とうち解けなかったが、キヨ子は二度と蓮沼の話はしなかった。

高等科を出て、テイから針仕事を習っていたキヨ子も戦争中は軍需工場で働いた。戦後はテイの出した総菜の店を手伝いながら、近所の洋裁学校に通っている。

源吉はとうに自分の跡を継ぐものはいないと覚悟をしていたはずなのだが、その心の底で、微かながらキヨ子の婿に、何でもいいから職人気質の男が見つかればいいと思っていた。

今の時代には合わないだろうと思いながらも、塗師の伝統技術を受け継ぐ男ならばなおさらいいなどと考えていたのだった。戦争で気立てのいい男は皆、死んで行った。キヨ子の結婚相手となる年頃の男は特に少なかった。だから、そんな望みは叶うはずもないと自分に言い聞かせなければならなかった。そして「源太は死んでしまったし、それにあの蓮沼があるからなぁ」と、最後にはそこに辿りついて、いつも大きなため息をつくのだった。

娘盛りになったキヨ子は、昼はテイを手伝い、夜は青年会のコーラスグループに出かけたりして、明るい娘に育っていた。友達が次々に結婚するのに、まだ結婚話はまとまらないのだった。蓮沼が影を落としているのかも知れないとテイは思った。昔の塗師仲間から職人になってくれそうな若者との縁談も持ち込まれたが、キヨ子はケロッとして「まだ早いよ」とはぐらかしてしまい、塗師の伝統を守れるかも知れないとはかない望みを抱いた源吉をがっかりさせていた。

戦後の自由、民主主義、男女同権は若い世代を席巻していたので、源吉がキヨ子の考えがわかりかねるのは当然だが、そのうえに、自分の子供でないことも源吉の虚しさを深めるものだった。

「誰か好きな人でもいるのかい。もしそうなら、父さんも心配しているから、話してくれよ。誰も反対なんかしないと思うから……」

「もう一寸待ってね。そのうちに話すから」

テイとのそんな話し合いがあった六月の末頃、川土手の桜並木の道をキヨ子が男と歩いていたと報せてくれたのは、隣の鍛冶屋の亮造だった。

彼も鍛冶屋の仕事は全くと言っていいほどなくなっていた。戦争から帰ってきた営林署づとめの息子に頼って暮らしている。源吉と亮造は二人とも昔の職人気質が抜けない頑固者なので、話が合う。

「あれはただの仲でないぞ。いい男だ」

「何がいい男だ。こそこそと娘を連れ出して……」

源吉はコロッケを丸めているテイの傍に腕組みをして立って言った。

「お前は知ってるのか。キヨ子の男のことを」

「好きな人がいるらしいとは思っていたけれど、はっきり聞いたわけではないから、知らないですよ」

「女親がこれでは困る。きちんとしろ」

「はぁ」

粉のついた指でコロッケを丸めた数を数えながら、割合驚かないふうに言うテイに、源吉の不機嫌は募り、むっつりとして土蔵の仕事場に入った。古い道具を取り出して並べ直してみても虚しさは募るばかりだった。

テイは源吉が自分にはなんだかんだと口うるさく言うけれど、キヨ子にはあまり文句を言わないことも心得ていた。これだけの長い間、娘として育ててきたのだけれど、どこかに遠慮があるのだろうと、少し気の毒に思っていたのだった。

今日、亮造と逢ったのなら、きっとキヨ子は話し出すだろう。どんな人を選んだのだろうか。だらしなく育てたつもりはないけれども、少し不安であった。

案の定、その晩、夕食後にキヨ子は二人の前にきちんと座った。いつもとは違う感じで戸惑う二人に、

「隣の亮造おっちゃんと今日土手で逢ったから、多分もう聞いているでしょうから、話をしておきます。実は私と結婚したいと言う人がいます。一度逢ってみてください」

と告げた。

「ん。誰だ。それは」

「柿岡治雄さんという人で、東高野の農家の三男で、今年の三月から消防署に勤めることに決まったから、先達て、やっと結婚したいって言ったんです」

「この家に来てくれると言うのか」

「うん。この家に来るからには仕事がきちんと決まらないうちには、父さんや母さんにはまだ逢わせてもらえないと言っていたのよ。きっぱりした人だから……」

「職業は消防署づとめか、つまらねぇな」

「そんなことを言ったって、父さんの仕事はたしかに立派なんだけれど、決まった収入のあった方が安心できると思うし。それに……」

と、少し言いにくそうに、小さな声で続けた。

「あの蓮沼のことも、家の人達がちゃんと知っていて、それでもよいって言ってくれて、この家に来てくれるって言うのだもの。私はそう言ってもらって、本当に嬉しいと思ったの。安心できる人だと思って……」

源吉とテイはギョッとして顔をあげた。キヨ子はケロッとした顔をしている。

「七月二十日頃まで、講習会があって忙しくなるって言ってたから、七月の末頃に連れて来ます。どうぞよろしく」

「ん」

「じゃ、いいでしょ。私、台所片づけるから……」

キヨ子は流し場に立って、夕食の後片づけを始めた。話をしたという安堵からだろうか、のびのびとした後ろ姿は、晴れやかに見えた。源吉とテイはしばらく無言で座っていた。

「蓮沼のことを知っていても、来てくれるのよ」

と、あっさりとキヨ子に言われたことで、言葉に詰まってしまったのは事実だった。それは二人の間でさえ口にできないほどの、辛い苦い出来事だったのである。

「時代が過ぎたのだな、もう、俺達の出る幕はないようだ」

「本当に……。キヨ子にはわかるわけもないでしょうね。この思いは……」

「いいだろう。そんなところだ」

「キヨ子も肩身が狭かったんでしょうね。可哀相に……」

「寝る」

源吉は床に入っても眠れないのはわかっていたが、一人になりたかった。

＊＊＊＊＊＊＊＊＊＊＊＊＊

約束通り、七月二十四日に治雄がキヨ子に連れられて訪ねてくることになった。今は本人同士がよければいいということで、親達からは事前に申し入れがあった。それはそれでいいと、源吉は自分を納得させた。

テイがキヨ子とご馳走は何にしようかなどと話し合っているのを聞きながら、源吉は朝から土蔵の仕事部屋にこもった。今は大した仕事もなく、古いお膳を修理したり、重箱を塗り直したりする小さなことばかりしていた。生活の足しにならなくとも、源吉は漆の仕事が好きなのである。

戦死したあの腕のいい木地師の周太郎が残していった硯箱。源吉は今日まで大事にして、透き漆を幾たびもかけて、自分の遺作とすることに決めていた。今、その硯箱の蓋の裏隅に、丁寧に練った黒漆で「源」と書いた。今まで自分の名を書き入れたことが無かったのだが、これが最後の一筆である。

源太が前にきちんと座って見ている。父の源蔵が手元をのぞき込み、見たこともない祖先の人々が自分の周りに座ってじっと息を潜めている。そんな感じがするのである。

これが最後に見る夢なのかも知れない。源吉は仕上げ塗りの台の上に硯箱をのせて、しばらく目を瞑っていた。

一人静

第一章

栗田多可が膝の上に広げているのは縫い直しであるが、鮮やかな花模様の子供の春着であった。頼まれものである。仕立てを職業としているわけではない多可が縫わせてもらえるのは、せいぜい仕立て直し程度のもので、それも、育児や家事の合間に縫うのだから、一枚を仕立て直すまでに、五、六日もかかる。しかし、多可は丁寧な仕立てをするので知人がよく仕事を持ってきてくれる。たいして家計の足しにはならないのだが、背中で眠っている完太と来年の六月頃に生まれてくるかもしれない二人目の子供のために、少しは働いておかなければならないのだ。

縫い物をするには少し暗すぎる家の造りなので、窓近くに座っているのだけれど、晩秋の日は暮れやすく、午後三時となればもう指先がおぼつかなくなる。隣の小部屋は、夫の良太の仕事場である。仕事場と言っても、たった四畳半程度の板敷きの部屋で、そこに小さな火鉢を置き、樺細工に使う膠《にかわ》の小鍋を湯煎にかけ、細工用の様々な小刀、型、鏝《こて》、台などを置いている。周囲の棚には材料の樺を積み重ねてあり、良太が座る程度の隙間が、少々ある程度のところである。

良太は朝、新聞配達の仕事を終えると、一日中ここにこもって、問屋から注文された樺細工の日常品や一寸した土産物になる茶筒、盆、茶托、状箱、盆などに樺を貼る仕事をしている。武家屋敷が残っている古いこの町で、造られ続けてきた美術品として好事家に珍重される硯箱やお茶筒などを黙々と造りながら、こまやかな細工物の技術を継承して、後世まで残るような作品を世に出すことを目指していたのだった。

多可はそれを道楽だと言いながらも、良太の気持ちも少しだけわかるような気がしていて、問屋の仕事に差し支えなければ、それはそれでいいと受け入れてはいたけれど、日々の暮らしは厳しかった。第二次世界大戦敗戦後の混乱期、アメリカ文化が、日本の侘び寂びの心を押しやってしまった時期だったので、良い美術品となる樺細工に魅せられて、そのような作品を造ることに執している良太には悪い時代だった。だから、乏しい収入の足しにと、多可は縫い直しの着物の仕立てなどをしているのである。そのような多可の苦しい才覚などは、気にかけないような良太が、時折、癪にさわることもあるのだけれど、二人の結婚には少し義理のようなものがあったのである。

良太の父方の祖母は多可の母の従姉であった。敗戦後、若い男性が少ない時期にあまり美人でもなく目立つことのない多可が、良太と結婚することになったのだが、姑のキサにしてみれば、自分の姑の従姉の娘ということで、やや気づまりなところがあったであろう。キサ自身は、大工だった夫と五人の子を育て上げたという誇りを持っていた。良太はその末っ子である。長男の成太は父のあとを継いで、腕のいい大工の棟梁になり、戦後の復興期に仕事を大きくしていて、通いの弟子が二人いて忙しくしている。今は嫁のみよと三人の孫と一緒に暮らしていて安穏な日々を過ごしているとみられる。妹は隣町の理髪店に嫁ぎ、もう一人の弟は銀行の集金係をして近くに住んでいて、しょっちゅう、母のご機嫌伺いにくる。みんなが安定した暮らしをしているように見える中で、良太だけがしゃんとしていないのは多可の所為なのだと思えるらしかった。

成太が川向いの小さい土地を多可と結婚する良太に用意したのも、キサは気に入らないらしい。多可の実家は隣の村の農家である。農家の暮らしとキサ達の暮らしは、もともと少し違うだろうし、表面に出さなくとも、キサは多可にいつも冷たかった。

多可にはまた、良太という人がよくわからなかった。よくわからないままで過ごしている。義兄の成太は良太を大事にしてくれているので、波風はたっていないけれど、キサのことを考えると、いつも心を暗くしてしまう。不思議な感じである。

あ、お米を貰ってくるのだった。いつも川向いにある成太の家で、まとめて農家から買っているお米を分けてもらうことになっていたのである。多可は暗くならないうちにと思って、針仕事を片づけてから完太を負ぶって、嫁に来る時に持ってきた角巻を完太の顔に被さるようにかけた。多可の気配に気づいた良太が隣の部屋から声をかけた。

「どこへ行くのか」

「米を貰いに行ってくる。あまり暗くならないうちにと思って」

「ああ、そうか」

多可は「たまにはあんたが行ってきてよ」と、言いたいのを堪えた。まとめて買ったお米を分けることになっているので、何も小さくなっていなければならないのではないけれど、姑のキサのご機嫌を心配してしまう多可なのである。兄嫁のみよが隣家の地主さんの家の手伝いに行き、姑のキサが家の周りの小さな畑で野菜を作っているので、毎日の食には困らない豊かな暮らしをしている。兄嫁はキサに気に入られているようだ。それに子供達ももう大きくなって、よく育っているようで苦労がなさそうに見える。多可は、まだ完太が小さいからだめだけれど、兄嫁さんのようにお姑さんとうまく付き合いたいものだといつも羨ましく見ているのだった。

橋を渡って三軒目。道路に面したところは仕事場になっている。脇を抜けて、勝手口の戸を開けながら、声をかけると、台所の流しに立っていたキサが振り向いて、

「おや、多可か。何か用があるのか?」

と、言った。その語調は明らかに多可を疎んじているようだった。

「米を少し分けてもらいに来たんだけど……」

「おや、また米か。食う口ばかりはあるからな。良太はちゃんとしているか? たまにはこちらに顔見せて、晩のまんまでも食いにきたらいいのにと言ってくれればいいのに……」

「はぁ、今は問屋からの樺細工仕事をしているので……」

「ふ〜ん。そうか。米。米はまず二升もあればいいな。そこに風呂敷ひろげておきな」

と言うと、上がり框の傍の板の間に広げた風呂敷に、「そら」と言って枡を逆さにした。米はざ〜っと音を立てて風呂敷の上に広がる。多可は、はじけて風呂敷の外に飛び出した米粒を、拾い集めた。キサはなぜこんなに意地悪をするのかわからないけれど、きっと良太が可愛いからなのだと、心の中で繰り返し繰り返し思っていた。それでいいんだ。良太が文句を言わなければそれでいいと思っている自分が不思議に思えた。とにかくお米を貰えればそれでいい。

「どうも有り難うさんでした」

「良太に苦労させないでくれよな。礼なんかはどうでもいいけれど……」

多可はそれには応えず、頭を下げただけで帰ることにしたが「この米だって誰が食べるものでもない。あんたの息子じゃないか。背中の息子だってあんたの孫じゃないか。優しい言葉の一つでもかけてくれてもいいのに」と心の中で呟いていた。

キサは多可の後ろ姿を見ながら、なおも声をかけた。

「良太はこの頃痩せたように見えたけれど、ちゃんとしたものを食わせてくれよ」

「はい」

と言って、あとは黙ってお辞儀をして勝手口を出て、ため息をついた。薄暗くなった空。東山の方にかかった雲は雪を含んでいるように見えた。その時、隣の地主さんのところに手伝いに行っていた兄嫁のみよがちょうど帰ってきたところに出会ったのである。

「あら、多可さん。どうしたの？　お米が要るのだったでしょう？　お姑さんが出してくれたかしら？」

「ええ。今お姑さんからいただいてきた」

「私が居ればよかったのにね。何も気兼ねしなくてもいいのよ。お互い様だし、お姑さんは良太さんが可愛いのよ。良太さんは呑気だから、気がつかないのだから、しょうがないわねぇ」

多可はみよの言葉に救われるような気がした。言わなくともわかってくれている人がいたのだと思うと涙が急にあふれ出してきた。こんなところで泣いてはいけないと思えば思うほどあふれてくる涙を抑えようとしてしゃくりあげた。

「気にしないで平気な顔していなさいよ。あ、これ、いま隣のお母さんに分けてもらってきたの。今日のおかずはコロッケで、作るのを手伝ったので分けてもらった」

コロッケは新聞紙に包まれていてまだ温かい。

「いいんですか。持って帰らなくとも……」

「いいの、いいの。これは私がもらったものだから自由にしてもいいのよ」

「自由」と口にしたみよは楽しそうだった。

「申し訳ないです。ホントに……」

「じゃまたね。しっかりやってね」

手をひらひらと振って帰っていくみよを見送って、多可は歩き出した。

多可は「自由」という言葉を呟いてため息をついた、戦後、どれほどの人がこの言葉に心を寄せたことであろうか。橋の真ん中あたりまで来た時、多可は不意に「私も働きに出よう」と、思った。完太を連れてでも牛乳配達くらいはできるだろう。この間から牛乳配達をしてくれないかと頼んできている今井牛乳店がある。朝、良太の新聞配達と同じくらいの時間で、配達して回ることはできる。そうすれば、私も僅かでも自由が持てる。何となく希望が湧いてくるような気がして背中の完太をゆすり上げて足を速めて帰った。

第二章

多可が働きに出てから、一カ月ばかりたった。月のものがとまったので、二人目ができたようだったが、幸いにして悪阻《つわり》もないし、まだまだ大丈夫だと多可は一人で決めていた。町にはもう雪が積もって、牛乳の配達もなかなかはかどらないけれど、大きな箱橇に湯たんぽを入れて、完太を乗せ、牛乳を約二百本、九十軒ほどを担当して配達して回る。子供連れなので、なるだけ家の近くを回らせてもらうことにしていた。

午前七時、新聞配達を終えて帰ってくる良太のために、火をおこして朝食を調えてから出かける。午前中いっぱいかかって牛乳の配達を終えて、昼食は家に帰って良太と完太の三人で食べるのを日課にしていた。慣れないうちは昼の二時頃までかかってしまったけれど、今では遅くとも一時には終わるようになった。午後からはぽつぽつと仕立て直しの仕事もできるようになった。これで、少しは家計が楽になりそうだ、少しは助かるだろうという計算ができた。もちろん妊娠中ということで無理はできないが、若い時から農家で育った多可にとって、朝起きも、これくらいの力仕事も、大して苦にはならなかった。

その朝、多可は何となく下腹部が重いような気持ちがしていた。完太と牛乳瓶を乗せた橇を押すと、お腹にひびくような違和感があったが、今日は寒いから、少し冷えて手洗いにいきたいかなくらいに思って仕事を続けていた。ところが、五十軒ばかり回って、いつも一休みをする店のあたりまで来たら、急に下り物のする気配がした。手洗いを借りると激しい出血である。このお店は、いつも親しくしている店だったので、事情を話すと、今井牛乳店に連絡し、完太の面倒も見てくれると言う。あとはやるからとにかく早くお医者さんに行けと言ってくれたのに感謝して医師のところに行った。この医師の家にも牛乳を配達していので、顔見知りである。

「流産だよ。まだ早期だから、出血がこれくらいですんだけれど、無理は駄目だ。しばらく休んでいないと、もう子供ができなくなるぞ」

と言われた。完太は見てやるからと、親切に言ってくれている店の奥さんに頼んで、まず家に帰って、着ていたものを洗わなければならなかった。ショックではあったけれど、しっかりしなければと自分を励まして、庭隅で、洗濯盥に下着をひたした。鮮血のにじんだ下着は盥の水を真っ赤にした。

新聞配達を終えて仕事場に入っていた良太が顔をのぞかせた。

「どうした。どうしたんだ。これは？」

と、真っ赤になった盥の水に驚いて、息をのんで多可の背中を揺さぶった。

「流産だって……」

良太は顔色を変えて、

「こんなことをしないで、休まないと駄目だ」と、叫んだ。

「完太を配達の途中の大沢のミチさんにお願いしてきたので、様子を見て連れて来てください。あの子は泣いてはいないと思うけれど……」

「わかった。わかった。まず黙って寝ていろ。医者はなんと言った」

「一週間ぐらい寝ていろって言った」

「お前は丈夫だからって粗末にしては駄目だ」

滅多なことで大声を出さない良太が激しく多可を叱って、雪の中を完太を迎えに行った。

鈍い痛みが時を置いて襲ってきたが、次第に落ち着いてきた。もう大丈夫だと多可は思っていた。いつもは大きな声を出すことのない良太なのだけれど、今日は驚くほど厳しい口調で多可を叱った。何となく安心して、目を瞑って、「無理をすれば、子供のできない体になるぞ」と、言った医師の顔を思い出していた。

第三章

多可の流産のあと、姑のキサはあまり意地悪くなくなったような感じだった。兄嫁のみよや義兄の眼があるからだろうか。理由は知れないけれど、以前より少し気を許すことができるような気がした。

流産は多可の心に少し傷を残したけれど、三年が経った。医師が言ったように、二人目の子供ができる気配がないまま過ぎていたのである。

あの時無理をするなと言い続けてくれたことで、良太の優しい心を覗き見ることもできたし、その後の姑のキサの在り方もやや穏やかになったようだった。

社会情勢も変わり、良太の問屋の仕事も軌道に乗り、多可の牛乳配達も、すっかり慣れたし、三月からは、近所の小学校教師夫妻の家にお手伝いを頼まれた。四月からは完太を保育園に入れることに決まって、多可は少しずつ幸せを感じることができるようになった。

今はこんなふうに落ち着いてきた状態だということを、心配をしてくれた義兄の成太やみよ、そしてキサに知らせて安心してもらわなければなるまいと多可は思っていた。

夜、片づけが終わった後、多可は良太にその話をした。天気が良ければ明日、川向いの義兄の家に行ってくる。完太も大きくなったからと言うと、良太も「そうだな」と、言った。「ん。よろしく言ってくれ。俺もこのところ、顔を出していないし、忙しくしていると言っておいてくれ」と、言った。

完太にも小ざっぱりとしたエプロンをかけて、少し、さわやかな川岸の桜並木のつぼみが少し膨らみかけているのを見ながら橋を渡った。多可は、気持ちだけだったが、キサとみよへ色を見立てて足袋ソックスを二足ずつ買ってお土産とした。あの頃の多可には考えられない自由になるお金を使ってお土産にすることができる。辛かった日々のあった記憶は薄れて、今日は胸を張ってあの家に行くことができるのだと思い、少し心が弾むのであった。

「こんにちは」

手をつないでいる完太も、

「コンニチハ」

と言う。成太は仕事場にいたが、キサはどこにいるのだろうか。台所は静かだった。

「おばあちゃんはどこでしょう」

「オバアチャンハドコデショウ」

裏の畑に回ると、キサが鍬を持っているのが見えた。

「おかあさん、こんにちは。お手伝いします」

と言うと、

「手伝ってもらわなくともいい。今日は何をしに来たのだ。何か用があるのか」

咎めるような口調であった。その口調があまりに強かったので、多可は一寸怯んだ。それに気づいて、完太が多可の腰にしがみついた。

「あまり、ご無沙汰していたので。一寸……」

と言うと、

「おやまあ、今日は暇なので来てくれたというわけですか。こちらは良い天気だから、生憎暇がないもんでな」

「すみません。ただ元気だからと顔を見せに来ただけですから……。これ、つまらないものだけれど、台所に置いていきます。義姉《あね》さんにもよろしく言ってください。うちの人は元気にしています、この頃仕事が忙しくなったので……」

「ほー、そうか、そりゃよかったな。お前も働いているそうだが、良太にはちゃんとしてやってくれよ」

「はい」

多可はそのまま帰ることにした。優しい言葉の一つも貰えたら、畑の手伝いをしてやってもいいと思ったのだが、完太にさえ、笑顔を見せないキサだった。やっぱり駄目だったのだと、多可は自分の甘さが悔しくなった。

「じゃ、また来ます。義姉《あね》さんによろしく言ってください」

「ほう、そうか。お互い忙しいからな。それでは、さよなら」

キサはまた後ろ向きになって、鍬を使った。とりつく島もない感じであった。

完太の手を引いて、土手の下道を歩くことにした。蕾が少しだけ膨らみ始めた染井吉野の桜並木の下道である。二人の前をちょこちょこと道案内のように歩いてゆく鶺鴒《せきれい》がいるのを面白がって、多可の手をほどいて駆けだした完太に「転ぶなよ」と大きな声をかけて、多可は不愉快だったことを忘れていた。

「ただいま」

「早かったな。皆変わりなかっただろう。何と言っていた」

「うん、変わりはなかったけど、私はやっぱり気に入らない嫁だということがわかったよ」

「そんなことはないだろうよ」

「たまにはあんたも行ってみてよ。私があなたをよこさないみたいなこと言われちゃう……」

「うん。わかった、そのうちに行ってみるよ。仕事が増えて忙しい」

「私が悪者でいれば、いいんでしょうけれど、完太にも声をかけてくれなかった。本当に用事のある時にしか、私は行かないことにするから……」

「わかった。そのうちにな」

良太が一人で飲んだらしい湯飲みを洗いに流し場に立って、男は呑気でいいと多可は思った。それもまた一つの楽しい生き方かも知れないと、笑いたくなった。

第四章

玉川の橋を渡れば二十分もかからないで行けるキサの家だったが、多可はそのあと盆や正月のような義理を立てる時以外はほとんど行かないで過ごしていた。兄嫁のみよとは町へ来る途中なので、時折お茶を飲みに立ち寄ってくれるという関係になっていた。キサの嫌みにも慣れ、そんな人なのだとあきらめられるようになるまでに多可は歳を重ね、三十六歳になった。良太は六歳年上だから、もう四十二歳。完太も小学校四年生になっていた。あの時、医師に言われたように、二人の間にその後、子供は生まれなかった。

＊＊＊＊＊＊＊＊＊＊＊＊＊＊

「新しい橋が架けられるそうだ」

「道路の幅を広げるので、この辺の人は皆立ち退かされるそうだ」

「町から話がきたらどうするか。心を決めておかなければ……」

「立ち退けと言うのだから、高く買い取ることになるだろう」

「立ち退かされるのだから、高い値段で買ってくれるだろう」

そんな噂話が現実となってきたのは昭和三十三年のことである。

多可達の家は、ちょうど橋が架けられる道路予定地の真ん中にあるそうで、早くから交渉を申し込まれていた。周辺の家々は整理が進んで、ほとんどが移転してしまったが、多可も良太もそんなことには全く疎いうえ、住み慣れた土地を離れることになろうとは考えることもできなかった。成太が造ってくれて、今住んでいる家は、小さかったけれど、周囲の土地は結構広かったので、梅の木や栗の木を植え、無花果の木、石楠花などが、結構大きく育っていて、つつましい生活に潤いを与えてくれていたのである。多可はまた、草花もあれこれと植えて楽しんでいた。新しい家にはそれらを移し植えて……などと楽しい相談をしていた。

移転の代替地は、ここから歩いて三十分はかかるが、完太の学校に近い山の中腹に造成されたところに決まり、役場職員の持参した書類に印鑑を押した。買収価格はこれから住む家を建てるには十分だった。

その夜、多可は良太と夢を見るような思いで、新しく建てる家について話し合った。庭の大きくなっているいろいろな木々は移植できるだろう。明日は敷地を見に行って、大工は、兄さんに紹介を頼もうなどと、次から次へと思いは広がっていった。

しかし、現実は甘いものではなかった。

書類に印鑑を押して二週間もしないうちに、周辺の家々は取り壊しがはじまり、家の庭に土や砂利がはこびこまれた。こんなに早く進むとは思わなかったと、町役場に苦情を言うと、「そんなに言われましても、印鑑をいただいて、所有権は移り、昨日はあなたの銀行口座に買収金を払い込みました。すぐにお家を取り壊しては気の毒だと思って、庭の方から始めました。他のお宅はみな予定通りに進んでいます。作業日程は決まっていたのですから、あと一週間くらいで移転をしていただかねばなりませんね」と、言われた。

急がなければならなかった。一週間のうちに引っ越しをしなければならない。新しく建てる家の近くに小さい家を紹介してもらって、それこそ、バタバタと引っ越しをすることになった。小さな庭の木々を掘り移して、それが終わると、今まで住んでいた貧しかったけれど、思い出多い小さな家は取り壊され、砂利に埋もれ、土をかけられて、跡形もなくなってしまうのに一カ月もかからなかった。

仮住まいして過ごす家は開け放つ窓も少なく、夏の暑さは耐え難かった。そんな夕方、突然に今まで来たことがなかったキサがやってきたのである。浴衣を短く着て、帯の上に前垂れをかけて、一人で現れると、入り口の前に立って、何となく身構えるような感じで言い出した。兄の成太も兄嫁のみよもついてきていないで、一人だけだった。

「お前達の家は、成太が苦労して買ってやったものだと言うことはわかっているだろうな。聞くところによると、売らないとごねて、高く売ったんだという話だ。買収金の少しは兄に渡すくらいの心があってもいいと思うがどうだ。気が利かないにも程がある」

と、言った。二人は吃驚して息をのんだ。キサはそんな二人を見下ろすように立ったまま言った。

「私はお前達の親なのだから、最後までごねて買収金を多く取ろうとしたなどと言われると腹が立つよ。いくら貰ったかは知らないが、恥さらしだ。親にまで恥をかかせて……。呆れて口もきけないヨ」

良太はフイと立ち上がって庭に出て行った。キサは多可を睨むようにして、

「フン。馬鹿どもが……」

と、言うと、あまりのことに呆然としている多可にくるりと背を向けて帰って行った。

家に入ってきた良太もさすがに青ざめていた。呆然とした表情で、ため息をつきながら

言った。

「金のことになると、親もやはり汚くなる。ひどいと思うが、俺達は俺達らしくやっていこう。気にしないで。な。多可」

第五章

新しく建てた家には今まで大事にしてきた小さな庭木を、できる限り移し植えたことが、一番の贅沢だったかも知れない。考えて話し合っていた新しい家は、思ったよりも小さくなったことで、幾ばくかの金を成太に渡したであろうと想像された。

彼らが新しい家に移れるようになるまでの三カ月ほどは慌ただしく過ぎていった。

大きくない台所と六畳の茶の間とを並べて八畳ほどの囲炉裏を区切って造ったところが良太の仕事場だった。良太の仕事場には、接着に使う膠を溶かすため、湯煎をする鍋をかける囲炉裏周りに沢山の大きな板の棚をつけてもらい、その棚の上に素材とする桜樺の束を重ねてのせて、樺細工の職人の部屋らしいものになっていた。今までは注文を受ける問屋の一部屋を使わせてもらっていたのだが、今度は、問屋からの仕事はもちろん、ここで自分の思い通りのものもつくれるようになるのだ。それが、良太の一番の喜びだった。

二階は完太の部屋と押し入れと六畳間という、シンプルな家であった。もともと家財などというものはほとんどなかったから十分だった。これから良太は自分の家で仕事ができるのだ。

仕事場の移転を兼ねた引っ越しは十一月の初め。大忙しで十一月半ばに初雪が降った。樺細工の仲間などが手伝いに来てくれて、多くない家財道具の搬入は午前中に大方終わり、引っ越しを祝うささやかな酒肴を喜んだ仲間が帰ると、もう夕暮れだった。

完太も学校を休んで引っ越しを手伝い、二階の押し入れのある小さな部屋を自分の部屋にすることができると張り切っていた。

良太は仕事場にする部屋に、新しくてそこには桜樺の匂いがまだしていないけれど、使い慣れていた仕事道具を置き、今まで使っていた座布団を定位置に置いて座った。これから、自分の思うような仕事ができるのだという喜びが湧き出してきたのだった。


多可が何やら完太と大きな声で話しているのが聞こえてきた。

「父さん」

完太が仕事場の戸を開けて顔を出した。

「母さんが、布団などを二階に運び上げるのを座っていないで手伝えって……」

障子の白さ、畳の匂いなど、新しいものの匂いは冬の空気の中でもかぐわしかった。

台所のものなど、少しは新しいものを用意したが、使えるものはそのまま使った。問屋のお母さんから、鍋釜などをお祝いにと貰ったりしたのを使うのも心が弾む。古い卓袱台に並べて、すっかり遅くなった夕飯を三人で囲んだ。朝から片づけ始めてもう夜の八時になっていた。

とっておきの缶詰を開けて、良太にはお銚子を一本つけた。

「おい、いいのか。こんなに……」

「初めての夕食だもの。完太と私はサイダーで乾杯」

「うん」

窓のカーテンを閉めて夜は更けていたが、三人とも浮き立つ思いだった。多可の明るい調子に引き込まれて、良太はめずらしく少し酔った。

転居してきてから、落ち着くまでの慌ただしい日々がすぎて、多可は以前から手伝っている小学校教師夫妻の家に時折頼まれて手伝いに行くことがあるくらいで、外回りの手伝いはやめにして、良太の樺細工の仕事の手伝いをするようになっていた。樺の美しさをいかす良太の手堅い細工と意匠の美しい細工が好事家に認められるようになっていったのである。多可は問屋からくる仕事の手伝いをするようになっていた。

第六章

完太は中学三年生になった、父親の背をとうに超えてしっかりしている。このように成長した姿を見ると、多可はあの冬の日の真っ赤な血の色を思い出すことがある。悔やんでも仕方のないことながら……。

中学校三年生になると、進路について教師との話し合いが行われる。

良太は難しいことは嫌いだし、多可に任せておけば完太に後でうるさく言われることもないだろうと思って、この面談には多可が出かけた。

「完太君のお母さんですね。完太君は家ではどうしていますか。この頃……。定時制高校に進みたいと言っていますが、何か問題でもあるのでしょうか」

まだ若い担任教師の武田は、緊張している多可を見て、朗らかに明るく話しかけた。完太が定時制高校の進学を希望していることを知って、多可は驚いた。良太も多可も昔の小学校を出て、高等科を終わっただけなので、定時制高校とは何かもわからなかった。

「私達は完太をみんなと同じように普通高等学校へ入れようと思っていたのですが、何か問題があったのでしょうか」

「ええ、問題というわけではないようです。ただ、中学卒業生を求める会社が多いのです。お母さんも知っているように、東京や県外の会社からの求人は、中卒者が、今とても多いのです。集団就職などと言われていますが、就職してから、定時制高校に入れて、高卒の資格を取らせるという約束で、ここの中学校からも、埼玉県や神奈川県に行くことにした生徒が何人かいるのです」

「あ、そうなんですか。完太もその集団就職をして、遠くへ行くと言っているんでしょうか。あれは私達の一人子なものですから、普通の高等学校に入れても、やっていけるのだけれど、お金の心配をしているのでしょうか。完太は……」

「いや、そんなことではないんですよ。お母さんも知っていると思うけれど、隣の市で自動車整備工場をやっている桜田さんのところで、住み込みの中卒生を世話してほしいと言ってきているんです」

「住み込みですか」

「東京や県外に行くと、休みがとれないですが、日曜日は休みの約束です。定時制高校にも休みなく通えるんです。東京や県外よりも給料は安いですが……」

「授業料なんかは私達で出せると思うんですが、完太はそのことを気にしているのでしょうか。私達夫婦は二人とも高等科しか出ていないで、働いてばかりで暮らしてきて、勉強のことは何もわからないので……」

「心配いりません。完太はしっかりしていますよ。真面目だし……」

「うちの父さんはとても真面目な人なので、何というか、先生の方からも話してやっていただきたいです」

「完太はちゃんと考えていると思いますよ。心配しなくとも私の方でよく相談に乗ってあげますから……」


その夜。いつもと同じように夕食を摂って、良太が自分の時間だからと、仕事場に入る前に、多可は話をした。

「今日、学校で先生と話をしてきたよ」

「俺は特に問題なしだろ。ちゃんとやってるから……」

と言って、完太はさっさと二階の自分の部屋に行ってしまった。

「あんた。完太は定時制高校に行くって先生に言っているんだそうだよ。あの子が何を考えているのかわからない。普通の高校だと授業料が払えないと思っているんだろうか」

「そうか。あれにはあれの考えがあるのだろうよ。俺も自分の思う通りにやってきたから、その気持ちはわかるよ。この間俺の仕事場に来て、自動車の整備工場で働いてみたいと言っていたけれど、ちょうどいいところがあったんだな」

良太は平然としていた。そんな大事なことを、自分の知らない間に、父親とは話をしていたとは知らなかったことに、多可はショックを受けた。

「集団就職だとかで遠くへ行くのではないし、お前が聞いてきた話はいいじゃないか。技術が身につくし、教育も受けられるし、俺達の若い頃とは違って、俺は完太のやりたいようにさせてやろうと思うよ」

多可には納得し難いところがないわけではない。考えてみると、自分達も親達の言うことを聞いて、過ごしてきたわけではない。自分達で自分達の道を歩いてきたのだから、完太に親の言うことを聞けというわけにはいくまい。言うことを聞かなくとも、こうして今は平穏に暮らしてゆけるようになったのだから、完太の未来は完太の心に任せようと覚悟をしたのだった。

苦しい暮らしをしてはきたけれど、良太の今は満ち足りている感じだった。平和になった日本。戦後の混乱から抜け出し始めたこの頃は、桜樺細工の持つ民芸品の風雅が認められるようになってきていた。こまやかな細工の良太の技が評価されないわけがなかった。今では修と民二という真面目な二人の弟子を傍に置いて指導しながら、問屋からの注文制作をこなすようになっている。

良太は以前から仕事が丁寧なうえに、細工の意匠が良いことで好事家に知られているので、この町の茶道の師匠達に、彼らの名を入れた棗《なつめ》や茶筒などの注文が直接くるようにもなっていた。

以前から大事にしてきた良質の桜樺を使って造られる茶筒、茶箱、色紙掛け、手箱、文箱、名刺盆などをはじめ、面白いのは、弓道の矢筒やステッキなどは技術の粋で、今では良太の他にはできないとまで言われるようになった。

樺細工には興味を示さない完太には、無理に跡を見させようとしない良太であった。美しいものにはそれを愛おしむ心が欲しい。完太にそれがないわけではないけれど、完太は機械などの構造に興味を持っている様子が見えたので、無理に地味な樺細工をさせようとはしないのであった。

弟子に入った修と民二は完太より二歳年上で、定時制高校に通っている。真面目で細工の手が期待できる二人で、定時制高校の同学年で同じ年齢である。良太は作業場を二坪ばかり増築して修と民二の作業の様子を指導しながら、彼らに幾ばくかの給料を渡せるようになっていた。

そして良太はいろいろな意匠を考えて製作する樺細工の名工と評されるようになっていた。特にその意匠は独特の雰囲気があり、こまやかな配慮がある。そのこだわりから、良太は好事家の注文を受けても自分の満足が得られないものを発表することはなかった。

完太は、父の樺細工の良さは認めて、出来栄えを批評したりはするが、自分では作る気がない。多可は残念に思っているけれど、良太は自立するのだからと言って、むしろ喜んでいる様子だった。

第七章

四月が来て、中学校を卒業した完太は桜田征三の自動車整備工場に住み込み、夜は定時制高校に通うことになった。日曜日に帰宅して家に一泊し、月曜の朝に出て行くという約束だった。

桜田の自動車整備工場は三十代半ばのベテラン整備士がいて、指導してくれるのだった。他にも二十代の従業員が二人いて、完太にいろいろと教えてくれる。

桜田という人は、詳しいことはわからないが戦前は大きな地主で様々な事業をしていたのだが、戦後に整理して……というより財産税などで、整理を余儀なくされた一族の一人で、教養人だと思われる。それをあからさまにしない人徳で、秋田市に自動車販売会社を設立していたのである。桜田の弟もまた人徳を備えた人柄で、隣の市に、自動車の修理を専門とする会社を設立し、桜田の弟が経営していたのだった。銀行の大株主でもある一族でもあり、教養人が多いので、時代を見通していたのだろう。日本が自動車時代に入り、それに伴って自動車のメンテナンスが自動車販売と連携して必要となると見通していたのだろう。

いろいろな意味で、この社長は太っ腹な経営者というのだろうか。中学卒業でも完太のような、真面目な青年が欲しいと希望してきたのであった。

さて、完太はと言えば、自動車の仕事をするからにはまず運転免許を持たねばならないということで、自動車学校に通わせられて、運転免許を取り、生き生きとして、仕事に従事しているらしく、土曜日の夜に帰宅しては、仕事の面白さを多可と良太に話してくれる。樺細工の仕事を継がないでも、生き生きとしている完太を見て、二人は喜んでいた。

そうこうしているうちに十年が経った。多可は仕事で不規則な二人の弟子達に昼食を出してやることにして、完太のいない毎日だったが、まずは元気に過ごしていた。良太もまた、問屋から頼まれたもの以外に、自分の思いに添う作品をじっくりと作るという余裕が持てるようになった。

良太の樺細工の意匠は独特の雰囲気を持っていた。幾つか試作品を作ると、それを欲しがる人に所望されて売ることになってしまう。その中で、良太はある一つの作品の意匠は、まだ、完成していないといつも言っていた。何度も同じようなものを作成した。それらはたちまち買われていったが、その一つの作品だけは、まだまだと言っているのであった。二人の弟子達はそんな良太の姿を見て、自分達も独特のものを見つけ出そうと努力して、腕を上げていった。

樺細工には様々な技法があり、木型師の作成したものに、桜樺の様子を合わせて張り付ける盆だとか色紙掛け、大きなものでは飾り棚、机など、注文主の要望に合わせて桜樺の自然の美しさを生かした模様をつけたりするものまで、大きいものからこまやかなものまである。一般の日用品であるお茶筒や茶托などは土産品として売られている。

良太ももちろん、問屋の要望に応じて、そのようなものも作っているのだが、彼が作成しようとして心に抱いているものは、この町の高雅な歴史をこめた枝垂れ桜と武家屋敷を思わせるものなのだった。それは良太の心の中にある特別な意匠であり、自分だけしか創れない樺の優雅さを持たせたいものなのだろうと、何となく多可にも想像できた。

少し大きめの手箱、内箱には緋色のラシャを張り付けて……。それとも裏樺にしようか、などと思いを巡らせていた。蓋の内側は二度目の薄い樺を貼って、そうすれば滑りが悪くなるだろうか、布張りが良いだろうか、などと構想をいつも胸の中に描きながら試行錯誤しているが、いまだ自分で満足できないでいるのだった。

お土産に使われる手軽な樺細工の茶筒なども作るが、彼と彼の弟子達は自分の作品というものを目指す意識があり、弟子達もまた同様に試行錯誤を繰り返しながら作品を作っていたので、彼の工房の作品は一目置かれる存在になっていたのだった。

＊＊＊＊＊＊＊＊＊＊＊＊

完太は二十六歳でしっかりした大人になっている。父親に似たのだろうか。何につけても研究熱心で、先輩からの指導を受ける姿勢も真摯で、大型車両や農業用機械や、今日のＩＴの利用など先駆けて身に付け、会社経営のための知識も身に付け、いつか小さくともいいから自分で会社を設立しようなどと思っていたらしいが、完太は、今では桜田の会社ではなくてはならないように頼られる存在となっていた。

桜田には、一族が株主である銀行に勤務している二十八歳の長男・勉と二十二歳になる娘のゆかりがいた。やがては息子の勉にこの会社を引き継ぐわけだが、娘のゆかりにも会社の後継者となる適当な配偶者を見つけて、安定して続けられればと考えていた。定時制高校を出てから今までの完太の様子を見ていると、完太が適格のように思われるが、彼には学歴がない。だが、研究熱心で、学歴がなくともいろいろな資格を楽々と取得するだけの能力を持っている。それは父親の良太に似ているのかも知れない。完太に学歴がないことは一族の中で大きな障害のように思われた。完太が住み込みで働くようになった十年前、ゆかりは小学校六年生の女の子だった。完太に勉強をみてもらったりして、可愛い女の子だったのだが、その後は美術短期大学に入って、美術を学んだ。良太の桜樺細工などに目を向けて、その良さを雑誌に紹介したりして楽しんでいたが、桜田は、そんなゆかりに少しは自分の会社の状態を見知っておけばいいと言って、自由にさせながらも、会社の経理を見させたりしていた。ゆかりに、完太は何でもわかっているから見習えと言って、会社の経理関係のことを管理させると、素直に手伝うようになったのは、桜田には意外だった。

二十二歳となると、親達は娘の結婚のことを考えるようになるのは自然の成り行きであろう。桜田は、ゆかりを完太と結婚させてもいいなと思い始めていた。しかし、完太には所謂学歴がないのである。学歴がなくとも、いろいろな資格を取得していて、遜色はない……。それよりも、一人息子の完太をゆかりと結婚させて自分の都合に合わせてしまうことを、父親達が許すかどうかが問題だと、桜田は妻の八重と相談した。

八重は征三と同じ考えを持っていたようだった。中学卒業と同時に預かった形で一緒に過ごしてきたので、八重もまた我慢強く、その年頃としては少し厳しいかと思われる忠告も、素直に頷いて聞く完太を見てきた。彼の後に採用した工員達三人は、皆高校を出ているが、完太は彼らと全く遜色ない。実技を威張ることなく指導し、率先して行動する。中には反抗してやめていく職員もいるが、完太にまさる職員は見当たらないと、時折桜田は言うようになっていた。万全の信頼を置いても大丈夫な奴だと、桜田は八重に言っていた。

この頃になったら、完太は、桜田に工場の在り方などについての提言もするようになっている。向上心があり、思いやりもある。

桜田は完太の家の詳しい事情は知らない。完太をこの家に預かることにした時の先生の話しか聞いていなかった。この何年か、もう十年近くなるけど、その間、私達夫婦にも、会社にも迷惑をかけるような行為はなかった。定時制高校を卒業した時も、教師から桜田までもが褒められたほどだった。迷惑どころかどんなに頼りになったかわからない。

独学でいろんなことを理解し、ゆかりにとってはよい配偶者だと思える。だが、それは桜田の思いだけで、何しろ一人息子なんだから親達の意向をきかねばならないだろうが、学歴などは関係なくゆかりを完太の妻にして、ここの事業所を続けさせようと決めたのだった。

第八章

　完太は桜田が勉強する時間を与えてくれたから、いろいろな系列の資格試験にも合格できた。勉強のために外車の販売をしている秋田の本社にも行かせてもらい、英語も話せるようになっていた。完太はいつも桜田に感謝していた。

　その夜、完太が秋田から帰ってくると、桜田の元に報告に来た。

「外車はやっぱり、すごいです。外装だけでなく、内装も立派なのを見てきました。左ハンドルには少し慣れないとだめだと思い、少し乗ってきました。楽しいです」

と、言った。

「この頃は日本車の性能がよくなって、輸出が盛んなようだ。燃費や性能もいよいよ複雑なのだろうな。儂にはついていけない。完太。よろしく頼むよ」

　そして、声の調子をふっと変えて、桜田は完太に尋ねた。

「完太。お前、ゆかをどう思う。嫁にしないか」

「え？　何ですか、社長。冗談はやめてください」

「冗談じゃないよ。よかったらと思っている。うちのお母さんもね」

「ひゃぁ。そんなことは冗談でしょう。ゆかちゃんは吃驚してしまいますよ。やめてください」

「お前は嫌か？　ゆかはどう思っているか確かめてはいないから、まだわからないけれど、きっと喜ぶと思うよ」

「そんなこと、考えてもいなかったです。社長。からかわないでください」

「いいのか。あれも年頃だからな」

完太は黙った。今まで、ゆかりは遠い存在で、社長に言われるまで自分の傍らに存在する人だとは思っていなかった。

「まぁ。考えてみてくれ」

完太の目の前にゆかりが立ちはだかってきた。好きだなんて言える立場じゃないと思っていたゆかりだったのである。

「ゆかちゃんが、私のようなものと一緒になると、言うのでしょうか」

と、飛び上がるようにして言った。

完太に言われれば確かにゆかりの考えを聞かないでは決められないことではあるけれど

も、桜田は絶対の自信があった。

「まあ、それはいずれのことだ」

桜田は机の上の書類を片づけて、部屋を出て行った。

完太にとって、ゆかりは全く屈託なく楽しく話し合える存在ではあった。一緒に仕事ができればきっと楽しいだろうと想像する完太になっていた。

その夜、完太は家に帰ったが、多可と良太にゆかりのことは話さなかった。両親がどう思うか想像もつかなかったから、眠れない一夜を過ごした。

＊＊＊＊＊＊＊＊＊＊＊＊

七月下旬。暑い月曜日の午後だった。桜田が汗を拭きながら、良太の家を何となく緊張気味に訪れた。今までも何度か樺細工を見せてもらいに来たことがあったのだが、今日はいつもと違う感じである。

良太の家も、良太が作る樺細工が評価を受けてから、仕事場も大きくして、玄関なども相応の改造をした。六畳くらいだけれど、良太の細工を見に来る人々に対応できる部屋も改造して設けた。

　突然の桜田の訪問に驚いた二人が、扇風機を回し、冷たいお茶を出した。

　桜田は汗を拭きながら、突然のことで驚かれると思いますが、と言って、完太とゆかりを結婚させたいと言い出した。

　良太と多可は、おろおろとして、

「完太が何か失礼なことをしたのでしょうか。申し訳ないことをしたのでしょうか」

と、座りなおした。

　桜田もまた、座りなおして言った。

「実は我が家のゆかりと完太を結婚させたいと思って、それを許してもらいたいと思って来たのです」

　二人は思いもかけないことで驚いて息をのんで顔を見合わせた。

「本来ならちゃんと仲人を立てて申し込むべきところなんですが、何しろ女のゆかりの方からの話なので……」

　桜田は汗を拭きながら、経緯を話し出した。一人息子の完太を自分の都合のいいようにゆかりと一緒にするのはあまりに勝手な話だけれど、二人に聞いてみたらそうなれば嬉しいということなので、我が儘を許してやってほしいという話だった。

聞けば桜田はもう完太と話をしているという。良太と多可は顔を見合わせて言葉が出なかった。完太がよく勤めてくれて、心配をさせないことだけを幸いと思っていたので、結婚のことなど、それも社長の娘のゆかりとの結婚などは思いもよらなかった。呑気な話だった。

良太はしばらく無言でいたが、テーブルの麦茶を飲むと、桜田の方を向いて座りなおして言った。

「まことに驚くほどに有り難いお話だと思います。完太がここまでよく育ったのは、我々よりも長い時間ご一緒に見ていてくださった社長さんのおかげだと心底思います。我々のような偏屈な親達ではかなわない大らかさまでお手本にさせていただいたものだと、有り難く思うのです。結婚という話は本人同士がよければいいことなのですが、何しろ私達にはたった一人の息子なのですから、我々が親であることを忘れないように、ご指導願いたいと思うのです。その他はあれの意志に任せたいと思います」

多可も座りなおして言った。

「私もうちの人と同じ。うちの人の言う通りだと思いますから、完太に私達のことをしっかりと話してやってください。あれの生き方はあれが決めることだと思います。うちの人は、今までそれを通して生きてきましたから、完太はわかってくれると思います。社長さんにお任せいたします」

今まで、こんなことを口に出したことがなかった多可だったので、良太は不思議な感じだった。

征三は座りなおした。

「長く完太を見てきましたが、完太はしっかりしています。向上心がありますし、今までもこれからも、私達の期待を裏切るような子ではありませんし、そんなことは決してさせません」

＊＊＊＊＊＊＊＊＊＊＊＊＊

夕方になって少し風が出てきてすずしくなった。先達て完太が買ってきて、掛けてくれた風鈴が微かな音を立てている。桜田を送り出してから、二人はしばらく茶の間に無言で座っていたのだが、その風鈴の音の方を見上げて微笑みあった。

「なぁ。多可。人はみんな一人で生まれてきて、一人で生きていくものだ。何を頼りに生きていくかが問題で、それを見つけ、それを頼りにみんなが自分を見つめて生きていく。俺はお前に呆れられるかも知れないけれど、一つだけでもいいから、本当に大切な思いをこめて、誰もが美しいと感動してくれるような樺細工を残したい」

良太は呟くように言った。

「本当に。あなたのがんばってるのを私は見るだけだけれど、あの手箱の枝垂桜の意匠は素晴らしいと思って見ている。欲目かも知れないけど」

「まだまだだ。あの意匠も他の人に渡すのが惜しいと思うようなものを作成したいのだ。私は……」

＊＊＊＊＊＊＊＊＊＊＊＊＊＊

桜田の工場の事務所と並べて、完太とゆかりのための新居が造られて、十一月。ささやかな結婚式を行った。良太の兄の成太夫婦ともう一人の仙台に住んで居る兄夫婦と姑のキサ。多可にはもう両親はいないし、良太の兄夫婦とキサだけという簡素な参列者であった。

桜田家には沢山の親類があるのだろうけれど、結婚式には栗山家の出席人数に合わせる形で、秋田のゆかりの兄夫婦と、大事な親戚夫婦、すでに嫁いでいるゆかりの姉夫婦だけという簡略さで対応してくれた。ただし、会社の従業員や、いつも世話になっている人々、お互いの友達などに参加してもらい、肩肘張らない温かな結婚式を挙げて終わった。

ささやかな新婚旅行を終えて、毎週土曜日に完太が家に帰って来ることがなくなっただけで、暮らしは平穏に過ぎて行った。

良太の二人の弟子達もそれぞれが自分の技巧に合わせて工夫して、独自のものを作り、店に並べてもらったり、注文を受けたりするようになってきたので、最近は、問屋からの注文品は二人の弟子達に任せて、良太はいろいろな作品を作っている。良太と多可の穏やかな暮らしが二年ばかり続いた。樺細工の素朴ながらもその温かな雰囲気は、二人の平穏な暮らしに相応しいものだった。

それは、屋根に積もった雪が溶けてしずる音がしきりにする、日曜日の午後だった。友達が持ってきてくれた豆餅を、ストーブで焼いただけの昼食を済ませて、お茶を飲んだあとだった。

良太が不意に、

「今度の春には旅行でもしてみるか」

と、言った。思いもかけない言葉に多可が目をあげると、良太は、

「考えてみれば、俺達どこにも行ったことがない」

「そうですね。できれば出雲の神様にでもお参りしましょ」

二人には、そう言うだけで十分な会話だった。その静かさを破って、茶の間の電話が鳴った。

受話器から兄嫁のみよの切羽詰まったような声が聞こえた。

「大変なことになった。二人ですぐ来て……。大変だ」

問い返す暇もなく切れてしまった電話を訝しみながら、早々に火の始末をして、自転車を引っ張り出した。

姑のキサが縊死していたのであった。おろされて奥の部屋の布団に安置されて、すさまじい形相だったそうだが、医師の手によって整えられたそうで、痩せてとがった顔だったけれど静かな寝顔であった。

「どうして……。こんな……」

良太も多可も声が出なかった。成太も兄嫁のみよも呆然としているばかりであったが、

ぽつりぽつり話すところによると、去年の九月頃から少し変だったという。ご飯を何回も食べたり、台所でガスをつけないままで鍋を出していたり、箪笥の引き出しに包丁をしまったり、夜中にご飯を食べると言い出したりと、変なことが多くて、目が離せなくなっていたらしい、とか聞くと、良太は、成太や兄嫁の苦労を思い、何も知らないでいたのを申し訳なく思うばかりだった。

「こんなことになるとは思わなかったんです。本当に申し訳ない」

成太とみよは、皆に謝って泣いていた。

良太と多可は、心をこめて成太夫婦を手伝ったが、他の兄や姉はこんなことになるなどと、他人事のように嘆いていた。あの激しい性格のキサがこんなになったのは何も成太夫婦の所為ではないと、多可は思った。若い時から皆のために生きてきたキサである。キサには皆が自分を必要としているという自信があった。子供のため孫のために働き、頼りにされて喜んで威張っていられた。老いて最早頼られない存在になったことが、キサにはどんなにか切なくさびしいことだったろう。

初七日が過ぎ、二人は家に帰った。

仕事場は二人の職人が、いつもの通りやってきて、それぞれ静かに細工仕事をしている平穏な日々となった。またいつもの静かな生活に戻った。

多可は、夜、寝床に入ってもこの頃なかなか眠れないことが多い。歳の所為だろうか。良太も眠れずにいるようだった。

「寂しいですね」

「うん」

と、言った良太が、続けて言った。

「なあ、多可。お前と一緒になってもう三十年も経った。でも、やっぱり一心同体なんていうわけにはいかないな。俺は大体樺細工の意匠を考えることが、何より大事に思われる」

「いいんです。すっかり慣れてしまったから……。あんたももちろん私のことはわからない」

「うん」

「他人だからこそ、こうしている……」

「それでいい」

「まず、寝ましょう……」

「うん。なんだかまた雪が降ってきたみたいで、静かになった。でももうじき春になる」

第九章

穏やかに三年が過ぎた。良太も老人の範疇に数えられる年齢になった。今では伝統工芸品として認められている樺細工の名工として、穏やかな日々を過ごせるようになっていたが、まだ自分の思いに添う細工・意匠には到達していないという思いを抱いている毎日だった。

良太は、あの時、多可と約束した出雲への旅行を今年こそは果たそうと言って、旅行会社に申し込んだ。川の近くにあったあの家の小さな庭から移し植えた木々が幸いにも地味に合ったのか、それぞれが大きくなって、季節を待っているのが嬉しい。

健康状態を診てもらっている小川医師に、無理はしないで散歩をしたらいいと勧められて、良太はこの頃は裏山の林の中を散策するようになっていた。何カ月も雪が残り、それが溶け出すと同時にいろいろな植物が芽吹く。

その日はなかなか散歩から帰らないと思ったら、良太は去年二人で歩いた時、花をつけていて、きれいだなと言い合った「一人静」が株をふやして芽吹いていたから、少し貰ってきたと言って笑った。一寸掘り出すのが、大変だったと言って嬉しそうに笑った。濃い少し紫がかった葉の間から細く花茎を伸ばして咲く一人静。山草だから目立たないけれど、以前に二人で歩いた時に見つけたものだった。目立つ華やかさはないけれど、石楠花の木の下陰に丁寧に植え付けた。

良太はこの間から、自分の作品として例の手箱の製作にかかっているようだった。今までの自分の技術の集大成というか、持てる限りの技術をすべて盛り込もうとしている意気込みが見られた。

意匠は枝垂桜とおぼろ月である。老い木の桜からしだれた枝が、手箱の側面になだれている。精選して選んだ肌理《きめ》の細かい穏やかな黄色の二度目の裏樺での満月があり、その上に枝垂桜のこまやかな、今にも咲くかと見える蕾をつけた枝が斜めにかかって風に揺れているようだ。そして散りかかるこまやかな裏樺の花びら、それも一枚一枚翻って散りゆくようにこまやかに手箱の表面から側面になだれてしきりに散っている。

「誰にも見せない意匠だったが、多可に初めて見せた。いいだろう。修と民二にも見せていない。俺だけの夜の仕事だ」

と、言って良太は笑った。

「まだ、秘密だぞ。この意匠は今までず〜っと秘密にしていた。花びらが動いているように見えるだろう。いちばん最初に多可に見せたんだ」

「本当に、今までにない素晴らしい意匠」

「うん。有り難う。多可に褒めてもらえてよかった」

「遅いからもう、寝てくださいね」

「うん」

「これが出来上がったら、出雲に旅行しよう。考えてみれば、ゆっくりと旅なんかをしたことがなかったからな」

「嬉しいですね。約束しましょう。ふふふ」

　頼まれて作成している樺細工はいつも通りに広げて作成しているのだが、日中の仕事が終わって修と民二が帰って行ったあとで、夜更かしをして、何かを作っているらしいことは知っていた。その結果がこの作品だった。多可は良太が最初に見せてくれたことが嬉しかった。

第十章

その夜、頼まれていた網代張りの色紙掛けを仕上げてから寝るという良太を残して、多可は寝床に入った。

静かである。時折ことりという道具を置く音が仕事場の方から聞こえてくるだけで、晩春の穏やかな夜である。

どれくらい眠っていただろうか。多可はふっと目を覚ましてみると、隣の布団に良太の寝た気配がない。時計を見ると午前零時である。多可は寝間着の襟を掻き合わせながら仕事場を見に行った。

良太は寝る前に横の机で日記をつけるのが習慣であった。その机にうつ伏して眠っているような顔が見えた。このようなけじめのない姿で寝ることなんかないのに、どうしたのかと驚いて寄っていくと、右手には鉛筆をにぎり、左手は胸を押さえて、押さえた手に体が被さるようになっていた……。

「あんた、どうしたの」

多可は小さく声をかけたが、すぐに息をのんだ。全身の血が激しく逆流してきた。明らかに良太は死んでいた。抱き起こそうとしたら、首筋のあたりはもう冷たく、苦しんだ時の汗であろうか。やや長くなっている髪の毛が額にべったりとついていた。

多可は倒れてきた良太を抱きしめてしばらく座っていた。狂気のようになって、呼びかけたりすることを拒否するまでに、その死に顔には何の手を打つ術もないことが明らかに感じられた。多可は全身が細かく震えた。

「しっかりしなければ……。狼狽《うろた》えたりするのは見苦しい」

多可は自分を叱責して落ち着かせようと努めた。

五月初旬。早朝の冷気が体を刺した。空はすっかり明るくなっていた、多可はようやく立ち上がり、まず、完太のところに電話をかけた。ゆかりが出た。

「吃驚しないで、きいて頂戴。お父さんが夜中に死んでしまったようなの」

のどに詰まった言葉を、一言ずつ出すように多可は話した。

「え！　何ですって。お母さん！」

と、叫ぶ悲鳴のような声がした。

「ええ、だから慌てないで。完太を起こして、小川先生のところへ行って、すぐに来ていただくようにお願いして頂戴。慌てないで、ちゃんとしてきてね。私は大丈夫」

受話器を置くと、多可は、自分が自分でないようなふわふわした気持ちになっているのを感じた。冷静と言うには当たらないが、泣いている時ではないと言っているもう一人の自分がいて、その声に操られているような感じなのである。冷水で顔を洗い、服を着替え、寝床を片づけ、良太の布団を整えるなど、不思議なほど落ち着いて行動していた。

表の戸が開くと、完太、ゆかり、小川医師が飛び込んできた。小川医師は良太の仕事を愛してくれた医師であった。


『急性心臓死』それより他に病名がつけられないような死だった。


「本当の名人でした」

彼が最期に残した、あの多可が感銘した枝垂桜の手箱が、つつましく行われた葬儀の祭壇に飾られると、誰もがため息をついて見とれた。この手箱は街の美術館に永久保存として残されることになった。

それは良太にとって最高の名誉で、きっとあの世で満足していると思われる。

「お母さん。一緒に暮らしませんか」

と、ゆかりが言い出した。

良太が亡くなった後の仕事は、一緒に作業をし続けて来た修と民二が、今までと同じように滞ることなく行われていた。今ではもう二人とも一人前以上にその腕を評価されていたので、多可は、この細工場を栗山樺細工として二人に継承してもらえればありがたいと、二人に話をして、了承してもらった。

二人は良太が残した技術はまだまだ見ておきたいから、これからもこの細工場を使わせてもらえればありがたいと言って、継承することになった。良太の残した道具などは、彼らが生かして使えればいいと多可は言って、作業場をそのまま彼らの自由にしてやることにした。そうすればさびしくないと思ったし、仲間としてこの仕事場を使っていた二人で使うことにすれば、彼らと問屋との関係もうまくゆくだろうと思った。

完太達は、母親を一人にするのはやはり気になるのだろうなと思ったが、もう少しの間、良太と過ごした日々を思いながら過ごそうと言った。

良太の死後の仕事の整理も終わり、九月になっていた。

「そうね。自分のことができなくなったら、お世話になろうと思っているけれど。まだ大丈夫だから、この家でもう少し暮らすことにするから、よろしく頼みますね」

「ゆかりさん。赤ちゃんがもうじき生まれるんだから大事にしなけりゃ……。私のことよりも、そちらが大事よ。

十一月二十八日が予定日だったわね。お父さんのことで、大変だったけれど、無事で本当によかった」

「完太さんが大事にしてくれて、私は健康で本当に順調だと先生に褒められていますの。お母さんは本当に無理をしないでください」

多可は笑いながら、言い出した。

「本当はね。お父さんとこの十月に出雲に行こうって話をしていたんですよ。二人で旅行をしたことなんかなかったのにね」

「あら、そうだったんですか」

「あのお父さんが旅行のパンフレットなんかもらってきたりして、見ていたのですよ。そんなお父さんらしくないことをしたから、死んじゃったのかも……一人で逝ってしまった」

「お父さんは、ほら。写真みたいな人であんまりものを言わなかったから、一人になってもさびしくはないと思うよ」

と、多可は笑ってみせた。

代わる代わる泊まってくれていた完太とゆかりは、三七日《みなぬか》の二十一日を過ぎて、工場の方に帰っていった。

独りになっても、思ったよりもさびしくなかった。姑のキサがあんなふうにして死んだ時、良太が「夫婦でも所詮は他人なんだ」と、呟いたことを思い出していた。今になってなんだかその意味がわかるような気がしていた。なぜだろうか。

修と民二の使う作業場の方には、別の出入り口をつけてあって、住まいの方からは、扉を閉めて鍵がかかるようになっているから、何の心配もいらない。

小さな写真と位牌と一緒に夜を過ごすのは初めてなのだが、多可は不思議なほど穏やかな眠りの時間を過ごしたのだった。

朝。いつもの通り早く目が覚めた。何もすることがないというのは不思議な感じだった。

季節は人間と関わりなく移ろい、庭の草達は緑を深めている。

あの、川近くの前の家から、移植は難しいよと言われたが、後の手入れがよかったのだと思う、思い出の木々は皆しっかりと根付いて、今はどれも元気に育っている。

あの一人静は、細い花茎を出し始めている。

「おはよう」と、大きな声は修だろうか。また以前と同じ生活が続く。これでいい。

多可は部屋に入って、良太の写真に呟いた。

「『一人静』が咲き出しそうでしたよ」

著者プロフィール

佐藤 幸（さとう こう）

1933年（昭和８年）秋田県生まれ。

大学理学部卒業。

地方小同人誌に、小説・エッセイなどを書く。

2004年（平成16年）『揺曳』、2021年（令和３年）『埋み火』、2023年（令和５年）『大将樅』（ともに文芸社）を上梓。

「長風短歌会」に所属して50年。佐藤ヨリ子として歌集６冊を上梓。

透き漆　一人静

2024年１月15日　初版第１刷発行

著　者　佐藤 幸
発行者　瓜谷 綱延
発行所　株式会社文芸社
〒160-0022 東京都新宿区新宿１－10－１
電話 03-5369-3060（代表）
03-5369-2299（販売）

印刷所　株式会社エーヴィスシステムズ

ISBN978-4-286-24808-0